Yeryüzünün Tüm Renkleri

All the Colours of the Earth

SHEILA HAMANAKA

MANTRA   LONDON

Turkish Translation by Seda Kervanoglu

Mantra Publishing Ltd
5 Alexandra Grove
London N12 8NU

To Suzy and Kiyo and all the other children of the earth

Çocuklar dünyaya yeryüzünün tüm renkleriyle gelirler -

Children come in all the colours of the earth -

Kükreyen ayıların ve süzülen kartalların kahverengisi,

The roaring browns of bears and soaring eagles,

Yaz bitiminde fısıldaşan çimlerin altın pırıltısı,

The whispering golds of late summer grasses,

Ve düşen yaprakların çatırdayan kızılı.

And crackling russets of fallen leaves,

Gümbürdeyen denizdeki ufak deniz kabuklarının

çınlayan pembesi.

The tinkling pinks of tiny seashells

by the rumbling sea.

Çocukların bazılarının saçı kuzu kıvırcığı,
Children come with hair like bouncy baby lambs,

Bazılarının ki su dalgası

Or hair that flows like water、

Bazılarının saçındaki kıvırcıklarda şekerleme yapan kedinin tüm renkleri.
Or hair that curls like sleeping cats in snoozy cat colours.

Children come in all the colours of love,
In endless shades of you and me.

Çocuklar dünyaya sevginin tüm değişik renkleriyle gelirler;
Senin ve benim sonsuz tonlarımızda.

Sevgi tarçın, ceviz ve
buğday rengindedir,

For love comes in cinnamon,
walnut, and wheat,

Sevgi sarıdır, fildişidir, kızıldır ve tatlıdır
Love is amber and ivory and ginger and sweet

Karamel gibi, çukulata gibi ve arıların balı gibi,
Like caramel, and chocolate, and the honey of bees.

Leoparın noktaları gibi koyu, kum gibi açıktır.
Dark as leopard spots, light as sand,

Çocukların kahkahalarının cıvıltısı dünyamızı kucaklar

Children buzz with laughter that kisses our land,

Gün ışığıyla kelebekler kadar mutlu ve özgür,

With sunlight like butterflies happy and free,

Çocuklar dünyaya yeryüzünün, gökyüzünün ve denizin tüm renkleriyle gelirler.

Children come in all the colours of the earth and sky and sea.